나태주 연필화 시집

일러두기

이 책의 시 가운데 이름이 같은 복수의 작품은 푸른길에서 출간한
『나태주 대표시 선집』 I·II권을 근거로 작품 번호를 붙였습니다.

나태주 연필화 시집

초판 1쇄 발행 2020년 4월 24일
초판 7쇄 발행 2024년 12월 9일

지은이   나태주
펴낸이   김선기
펴낸곳   (주)푸른길
출판등록   1996년 4월 12일 제16–1292호
주소   (08377) 서울시 구로구 디지털로 33길 48 대륭포스트타워 7차 1008호
전화   02–523–2907, 6942–9570~2
팩스   02–523–2951
이메일   purungilbook@naver.com
홈페이지   www.purungil.co.kr

ISBN   978–89–6291–869–4 03810
© 나태주, 2020

나태주 연필화 시집

시·그림 **나태주**

푸른길

그냥, 괜히

어려서 화가가 되고 싶었다. 그렇다고 그림 그리기에 특별한 재능이 있었던 건 아니다. 다만 그림 그리는 것이 좋았다. 그림책을 보는 것이 더 좋았는지 모른다. 그냥, 괜히 좋았다.

하지만 나는 끝내 화가가 되지 못하고 시인이 되었다. 이 또한 그냥, 괜히 시 쓰기가 좋았던 것이다. 역시 시 쓰기에 재능이 있었다든가 누군가의 권유가 있었다든가 주변에 영향력 있는 문인이 있었다든가 그런 것도 아니다.

시인이 되어 시인으로 살면서 이제는 늙은 사람이 되었다. 그렇지만 그림을 좋아하는 버릇은 여전하다. 외국 여행길에도 잊지 않고 들고 오는 것이 그 나라의 음악 CD 몇 장이요 그 나라의 그림책이나 그림엽서다. 이 또한 말릴 수 없는 나만의 호사 취미다. 혼자 있는 시간이면 음악을 들으며 즐거워하고 가끔은 그림을 그리며 기뻐한다. 그림이라야 연필로 그리는 스케치다. 어린아이들 수준이다. 그래도 나는 그것이 즐겁고 기쁘다. 어쩌면 시 쓰는 시간보다 그림 그리는 시간이 더 좋다는 생각을 하는지도 모른다.

참 이것은 모를 일이다. 연필로 복사지에 조그만 그림을 그리다 보면 스스로 행복해지는 느낌을 받는다. 그렇다. 연필로 그리는 그림, 그 그림 속에는 나의 유년이 있고 지나간 날들의 삶이 깃들어 있다. 끝없는 해방감과 나른한 향수조차 가슴에 안는다.

나의 연필그림 그리기는 시 쓰기의 한 변형쯤 되는 일이다. 시를 쓰다 보면 그림이 떠오르고 그림을 그리다 보면 또 시가 써지기도 한다. 그러므로 나의 시 쓰기와 연필그림 그리기는 쌍둥이이거나 형제지간이라 해야 옳을 것이다.

이미 채색화 육필시집을 낸 바 있다. 운이 좋아 연필그림 시화집을 한 권 더 묶는다. 언제든 나의 일들은 그것이 최초의 일이면서 최후의 일. 이것 또한 최초이면서 최후의 일이다. 어찌 내가 연필그림 시화집을 또다시 낸다 하겠는가. 조용한 감개와 감사가 거기에 있다.

참으로 어려운 시기에 시화집을 내주는 김선기 사장님의 우정에 감사하며 시집을 매만져준 김다슬 에디터에게 감사의 인사를 전한다.

2020년 봄에
나태주 씁니다.

차례

1999. 7. 8
다정화

제2부

2019. 5. 16

제1부

자화상

어려서 어려서부터
먼 곳이 그리웠고
멀리 있는 사람이 보고 싶었다
그리운 마음 보고 싶은 마음이 모여
가늘고도 긴 강물이 되었고
일생이 되었다

때로는 나무가 되고 싶었고
이름 모를 꽃이 되고 싶었고
하늘 위에 두둥실 구름이 되고 싶었다
그런 헛된 소망이 나를 키웠고
나를 이끌어 노인의 날에 이르게 했다

이제 내가 그리운 사람이 되고
보고 싶은 사람이 되고
더러는 나무가 되고 꽃이 되고
흰 구름이 좀 되어보고 싶은데
그런 소원이 잘 이루어질지
안 이루어질지는 나도 모르겠다.

* 왕흥초등학교 교장으로 있을 때
  1학년 어린이가 그려 준 나태주
  의 캐리커쳐

부탁이야

오래가 아니야 조금
많이가 아니야 조금
네 앞에서 잠시
앉아있고 싶어

나는 왜 내가 이렇게 되었는지
나도 잘 모르겠어

금방 보고 헤어졌는데도
보고 싶은 네 얼굴
금방 듣고 돌아섰는데도
듣고 싶은 네 목소리

어둔 하늘 혼자서 반짝이는 나는 별
외론 산길에 혼자서 가는 나는 바람

웃는 네 얼굴 조금만 보고
예쁜 목소리 조금만 듣고
이내 나는 떠나갈 거야
그렇게 해줘 부탁이야

나는 왜 내가 이렇게 되었는지
나도 잘 모르겠어.

가을, 마티재

산 너머, 산 너머란 말 속에는
그리움이 살고 있다
그 그리움을 따라가다 보면
아리따운 사람, 고운 마을도
만날 수 있을 것만 같다

강 건너, 강 건너란 말 속에는
아름다움이 살고 있다
그 아름다움을 따라 나서면
어여쁜 꽃, 유순한 웃음의 사람도
만날 수 있을 것만 같다

살기 힘들어 가슴 답답한 날
다리 팍팍한 날은 부디
산 너머, 산 너머란 말을 외우자
강 건너, 강 건너란 말도 외우자

그리고서도 안 되거든
눈물이 날 때까지 흰 구름을
오래도록 우러러보자.

2008. 1. 28 이세현

내가 사랑하는 계절

내가 제일로 좋아하는 달은
십일월이다
더 여유 있게 잡는다면
십일월에서 십이월 중순까지다

낙엽 져 홀몸으로 서 있는 나무
나무들이 깨금발을 딛고 선 등성이
그 등성이에 햇빛 비쳐 드러난
황토 흙의 알몸을
좋아하는 것이다

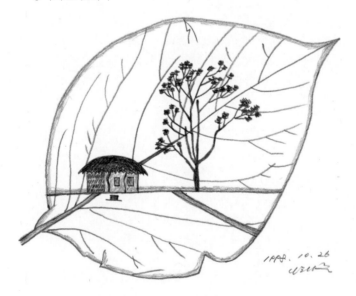

황토 흙 속에는
시제時祭 지내러 갔다가
막걸리 두어 잔에 취해
콧노래 함께 돌아오는
아버지의 비틀걸음이 들어 있다

어린 형제들이랑
돌담 모퉁이에 기대어 서서 아버지가
가져오는 봉송封送 꾸러미를 기다리던
해 저물녘 한때의 굴품한* 시간들이
숨 쉬고 있다

아니다 황토 흙 속에는
끼니 대신으로 어머니가
무쇠솥에 찌는 고구마의
구수한 내음새 아스므레
아지랑이가 스며 있다

내가 제일로 좋아하는 계절은
낙엽 져 나무 밑둥까지 드러나 보이는
늦가을부터 초겨울까지다
그 솔직함과 청결함과 겸허를
못 견디게 사랑하는 것이다.

* 굴품한 : '배가 고픈 듯한', '시장기가 드는 듯한'의 충청도 방언.

사는 일

1
오늘도 하루 잘 살았다
굽은 길은 굽게 가고
곧은 길은 곧게 가고

2019. 6. 16 corea

막판에는 나를 싣고
가기로 되어 있는 차가
제 시간보다 일찍 떠나는 바람에
걷지 않아도 좋은 길을 두어 시간
땀 흘리며 걷기도 했다

그러나 그것도 나쁘지 아니했다

걷지 않아도 좋은 길을 걸었으므로
만나지 못했을 뻔했던 싱그러운
바람도 만나고 수풀 사이
빨갛게 익은 멍석딸기도 만나고
해 저문 개울가 고기비늘 찍으러 온 물총새
물총새, 쪽빛 날갯짓도 보았으므로

이제 날 저물려 한다
길바닥을 떠돌던 바람은 잠잠해지고
새들도 머리를 숲으로 돌렸다
오늘도 하루 나는 이렇게
잘 살았다.

2
세상에 나를 던져보기로 한다
한 시간이나 두 시간

퇴근 버스를 놓친 날 아예
다음 차 기다리는 일을 포기해버리고
길바닥에 나를 놓아버리기로 한다

누가 나를 주워가 줄 것인가?
만약 주워가 준다면 얼마나 내가

나의 길을 줄였을 때
주위가 줄 것인가?
한 시간이나 두 시간
시험 삼아 세상 한복판에
나를 던져보기로 한다

나는 달리는 차들이 비껴가는
길바닥의 작은 돌멩이.

빈손의 노래

1
가을에는 빈 뜨락을
거닐게 하소서.

맨발 벗은 구름 아래
괴벗은* 마음으로
주머니에 손을 찌르고 들길을 돌아와
끝내 빈손이게 하소서.

가을에는 혼자 몸져 앓아누워
담장 너머 성한 사람들 떠드는 소리
귀동냥해 듣게 하소서.

무너져 내린 꽃밭 귀퉁이
아직도 분명 불타고 있을 사르비아꽃 대궁이에
황량히 쌓이고 있을
이국의 햇볕이나
속맘으로 요량해 보게 하소서.

2
들판이 자꾸 남루를
벗기 시작하는데,
나무들이 자꾸 그 부끄러운 곳을
드러내 보이기 시작하는데,

내 그대 위해 예비한 건
동산 위에 밤마다 솟는
저 임자 없는 달님뿐이다.
새로 바른 문풍지에 새어나오는
저 아슴한 불빛 한 초롱뿐이다.

누군가의 어깨가 어둠 속으로 사라져 가는데,

누군가의 발자국이 어둠 속에서 돌아오는데,

이 가을 다 가도록
그대 위해 예비한 건
가늘은 바람 하나에도 살아 소근대는
대숲의 저 작은 노래뿐이다.

아침마다 산에 올라
혼자 듣다 돌아오는
키 큰 소나무
머리칼 젖은 송뢰뿐이다.

3
애당초 아무 것도
바라지 말았어야 했던 걸 모르고
너무 많은 걸 꿈꾸다가
너무 많은 걸 찾아다니다가
아무 것도 찾지 못하고 만
이제 또 가을.

문지방에 풀벌레 소리
다 미쳐 왔으니
염치없는 손으로

어느 들녘에 가을걷이하러 갈까?

허나, 더 늦기 전에
나도 들로 내려
드디어 낭자히 풀벌레 소리 강물 된 옆에
실개천 물소리 되어 따라 흐르다가
허리 부러진 햇살이나
주머니에 가득 담아 가지고
한나절 흥얼흥얼 돌아올거나.

오는 길에 그래도
해가 남으면
산에 올라 들국화 몇 송이 꺾어 들고
저승의 바닷비린내 묻어오는
솔바람 소리나 두어 마지기 빌려다가
내 작은 뜨락에
내 작은 노래 시켜볼거나.

* 괴벗은 : '헐렁한', '풀어진 듯한'의 뜻.

2008. 6. 10

돌계단

네 손을 잡고 돌계단을 오르고 있었지.

돌계단 하나에 석등이 보이고
돌계단 둘에 석탑이 보이고
돌계단 셋에 극락전이 보이고
극락전 뒤에 푸른 산이 다가서고
하늘에는 흰 구름이 돛을 달고 마악
떠나가려 하고 있었지.

하늘이 보일 때 이미
돌계단은 끝이 나 있었고
내 손에 이끌려 돌계단을 오르던 너는
이미 내 옆에 없었지.

훌쩍 하늘로 날아가 흰 구름이 되어버린 너!

우리는 모두 흰 구름이에요, 흰 구름.
육신을 벗고 나면 이렇게 가볍게 빛나는
당신이나 저나 흰 구름일 뿐이에요.
너는 하늘 속에서 나를 보며 어서 오라 손짓하며 웃고
나는 너를 따라갈 수 없어 땅에서 울고 있었지.
발을 구르며 땅에 서서 울고만 있었지.

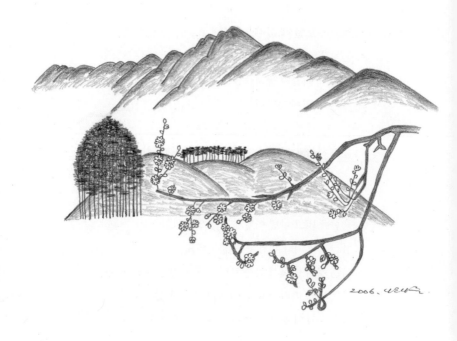

그저 봄

만지지 마세요
바라보기만 하세요
그저 봄입니다.

너 때문에

근심은
사람을 나이 들게 하고

슬픔은
사람의 살을 마르게 한다

그런데, 그런데 말이다
그 모든 것들이

바로 너 때문에 그런데
이걸 나는 어쩌면 좋으냐.

2019. 6. 18 나옥희

2017. 3. 9 대뫠지

잠들기 전 기도

하나님
오늘도 하루
잘 살고 죽습니다
내일 아침 잊지 말고
깨워 주십시오.

먼길

함께 가자
먼길

너와 함께라면
멀어도 가깝고

아름답지 않아도
아름다운 길

나도 그 길 위에서
나무가 되고

너를 위해 착한
바람이 되고 싶다.

2019. 11. 30 성○○

오늘의 꽃

웃어도 예쁘고
웃지 않아도 예쁘고
눈을 감아도 예쁘다

오늘은 네가 꽃이다.

추억

목소리 듣고 싶어서 전화했어요
그래, 그 목소리가 참 좋았다

그동안 아무 일 없었나요?
그래, 그 안부가 참 고마웠다

저를 위해서라도 건강하셔야 해요
그래, 옛날에 그런 시절도 있었다.

2019.6.16 따오름

아무르

새가 울고
꽃이 몇 번 더 피었다 지고
나의 일생이 기울었다

꽃이 피어나고
새가 몇 번 더 울다 그치고
그녀의 일생도 저물었다

닉네임이 흰 구름인 그녀,
그녀는 지금 어느 낯선 하늘을
흐르고 있는 건가?

아무르, 아무르 강변에
꽃잎이 지는 꿈을 자주 꾼다는
그녀의 메일이 왔다

아무르, 아무르 강변에
새들이 우는 꿈을 자주 꾼다고
나도 메일을 보냈다.

2020. 3. 10 시온의집
청백산을 바라보며

초라한 고백

내가 가진 것을 주었을 때
사람들은 좋아한다

여러 개 가운데 하나를
주었을 때보다
하나 가운데 하나를 주었을 때
더욱 좋아한다

오늘 내가 너에게 주는 마음은
그 하나 가운데 오직 하나
부디 아무 데나 함부로
버리지는 말아다오.

2007. 6. 26
네네수

울던 자리

여기가 셋이서 울던 자리예요
저기도 셋이서 울던 자리예요
그리고 저기는 주저앉아
기도하던 자리고요

병원 로비에서
복도에서
의자 위에서
그냥 맨바닥 위에서

준비 안 된 가족과의 헤어짐이
너무나도 힘겨워서
가장의 죽음 앞에 한꺼번에 무너져서

여러 날 그들은
비를 맞아 날 수 없는
세 마리의 산비둘기였을 것이다.

2007.6.15 woo3₂

별리

우리 다시는 만나지 못하리

그대 꽃이 되고 풀이 되고
나무가 되어
내 앞에 있는다 해도 차마
그대 눈치채지 못하고

나 또한 구름 되고 바람 되고
천둥이 되어
그대 옆을 흐른다 해도 차마
나 알아보지 못하고

눈물은 번져
조그만 새암을 만든다
지구라는 별에서의
마지막 만남과 헤어짐

우리 다시 사람으로는 만나지 못하리.

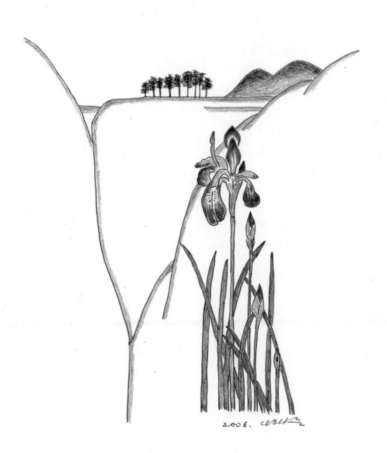

2006.

이 봄날에

봄날에, 이 봄날에
살아만 있다면
다시 한번 실연을 당하고
밤을 새워
머리를 벽에 쥐어박으며
운다 해도 나쁘지 않겠다.

2020. 3.

살아갈 이유

너를 생각하면 화들짝
잠에서 깨어난다
힘이 솟는다

너를 생각하면 세상 살
용기가 생기고
하늘이 더욱 파랗게 보인다

너의 얼굴을 떠올리면
나의 가슴은 따뜻해지고
너의 목소리 떠올리면
나의 가슴은 즐거워진다

그래, 눈 한번 질끈 감고
하나님께 죄 한번 짓자!
이것이 이 봄에 또 살아갈 이유다.

2019. 6. 15 이상만

지상에서의 며칠

때 절은 조이 창문 흐릿한 달빛 한 줌이었다가
바람 부는 들판의 키 큰 미루나무 잔가지 흔드는 바람이었다가
차마 소낙비일 수 있었을까? 겨우
옷자락이나 머리칼 적시는 이슬비였다가
기약 없이 찾아든 바닷가 민박집 문지방까지 밀려와
칭얼대는 파도 소리였다가
누군들 안 그러랴
잠시 머물고 떠나는 지상에서의 며칠, 이런저런 일들
좋았노라 슬펐노라 고달팠노라
그대 만나 잠시 가슴 부풀고 설렜었지
그리고는 오래고 긴 적막과 애달픔과 기다림이 거기 있었지
가는 여름 새끼손톱에 스며든 봉숭아 빠알간 물감이었다가
잘려 나간 손톱조각에 어른대는 첫눈이었다가
눈물이 고여서였을까? 눈썹
깜짝이다가 눈썹 두어 번 깜짝이다가…….

2019. 11. 30 4월대교

선물 · 1

나에게 이 세상은 하루하루가 선물입니다
아침에 일어나 만나는 밝은 햇빛이며 새소리,
맑은 바람이 우선 선물입니다

문득 푸르른 산 하나 마주했다면 그것도 선물이고
서럽게 서럽게 뱀 꼬리를 흔들며 사라지는
강물을 보았다면 그 또한 선물입니다

2019. 6. 18 대자동

한낮의 햇살 받아 손바닥 뒤집는
잎사귀 넓은 키 큰 나무들도 선물이고
길 가다 발밑에 깔린 이름 없어 가여운
풀꽃들 하나하나도 선물입니다

무엇보다도 먼저 이 지구가 나에게 가장 큰 선물이고
지구에 와서 만난 당신,
당신이 우선적으로 가장 좋으신 선물입니다

저녁 하늘에 붉은 노을이 번진다 해도 부디
마음 아파하거나 너무 섭하게 생각지 마서요
나도 또한 이제는 당신에게
좋은 선물이었으면 합니다.

당신

이 세상 무엇 하러 살았나?

최후의 친구 한 사람
만나기 위해서 살았지

바로 당신.

2019. 6. 17 에서

행복 · 2

어제 거기가 아니고
내일 저기도 아니고
다만 오늘 여기
그리고 당신.

2019. 6. 16 대천해수욕장

끝끝내

너의 얼굴 바라봄이 반가움이다
너의 목소리 들음이 고마움이다
너의 눈빛 스침이 끝내 기쁨이다

끝끝내

너의 숨소리 듣고 네 옆에
내가 있음이 그냥 행복이다
이 세상 네가 살아있음이
나의 살아있음이고 존재이유다.

2019. 6. 14 이완수

바로 말해요

바로 말해요 망설이지 말아요
내일 아침이 아니에요 지금이에요
바로 말해요 시간이 없어요

사랑한다고 말해요
좋았다고 말해요
보고 싶었다고 말해요

해가 지려고 해요 꽃이 지려고 해요
바람이 불고 있어요 새가 울어요
지금이에요 눈치 보지 말아요

사랑한다고 말해요
좋았다고 말해요
그리웠다고 말해요

참지 말아요 우물쭈물하지 말아요
내일에는 꽃이 없어요 지금이에요
있더라도 그 꽃은 아니에요

사랑한다고 말해요
좋았다고 말해요
당신이 오늘은 꽃이에요.

2019. 6. 18
나은정

참말로의 사랑은

참말로의 사랑은
그에게 자유를 주는 일입니다
나를 사랑할 수 있는 자유와
나를 미워할 수 있는 자유를 한꺼번에
주는 일입니다
참말로의 사랑은 역시
그에게 자유를 주는 일입니다
나에게 머물 수 있는 자유와
나를 떠날 수 있는 자유를 동시에
따지지 않고 주는 일입니다
바라만 보다가
반쯤만 눈을 뜨고
바라만 보다가.

~Do7. 7. 2*P 니던스

인디안 앵초

네가 너무 예뻐
못 살겠다
가여워 가여워서
저절로 눈물이 난다

카메라를 들이대자
싫다고
부끄럽다고
고개를 혼들고
몸까지 혼든다

한 마리 두 마리
어라, 새가 다섯 마리나
내려와 앉았네.

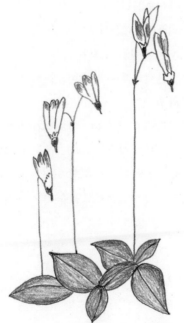

2019. 6. 19 山客

산수유꽃 진 자리

사랑한다, 나는 사랑을 가졌다
누구에겐가 말해주긴 해야 했는데
마음 놓고 말해줄 사람 없어
산수유꽃 옆에 와 무심히 중얼거린 소리
노랗게 핀 산수유꽃이 외워두었다가
따사로운 햇빛한테 들려주고
놀러온 산새에게 들려주고
시냇물 소리한테까지 들려주어
사랑한다, 나는 사랑을 가졌다
차마 이름까진 말해줄 수 없어 이름만 빼고
알려준 나의 말
여름 한 철 시냇물이 줄창 외우며 흘러가더니
이제 가을도 저물어 시냇물 소리도 입을 다물고
다만 산수유꽃 진 자리 산수유 열매들만
내리는 눈발 속에 더욱 예쁘고 붉습니다.

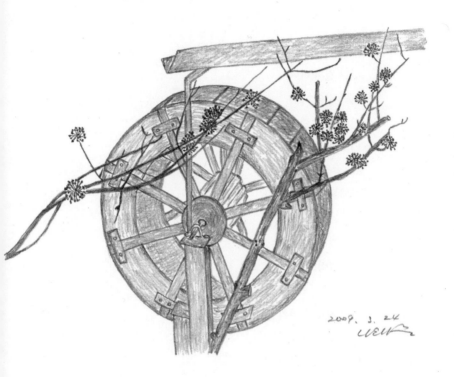

2009. 3. 24

시시껄렁

— 알제리 시편 · 4

천년 전의 바다
천년 전의 바위
천년 전의 햇빛과 바람
데리고 기다리고 있었으니
그 옆에 잠시 앉았다
가지 않을 수 없구나

시시껄렁하게
시시껄렁하게

천년 전부터 여기 오기로
되어 있던 나
다시 천년 뒤에나 여기
오기로 되어 있는 너.

2017. 1. 16

2017. 6. 21 따오기

바람 부는 날

너는 내가 보고 싶지도 않니?
구름 위에 적는다

나는 너무 네가 보고 싶단다!
바람 위에 띄운다.

바람이 부오

바람이 부오

이제 나뭇잎은
아무렇게나 떨어져
땅에 딩구오

나뭇잎을 밟으면
바스락 소리가 나오

그대 내 마음을 밟아도
바스락 소리가 날는지….

2019. 11. 30

멀리까지 보이는 날

숨을 들이쉰다
초록의 들판 끝 미루나무
한 그루가 끌려들어온다

숨을 더욱 깊이 들이쉰다
미루나무 잎새에 반짝이는
햇빛이 들어오고 사르락 사르락
작은 바다 물결 소리까지
끌려들어온다

숨을 내어쉰다
뻐꾸기 울음소리
꾀꼬리 울음소리가
쓸려나아간다

숨을 더욱 멀리 내어쉰다
마을 하나 비 맞아 우거진
봉숭아꽃나무 수풀까지
쓸려나아가고 조그만 산 하나
우뚝 다가와 선다

산 위에 두둥실 떠 있는
흰 구름, 저 녀석
조금 전까지만 해도 내 몸 안에서
뛰어놀던 바로 그 숨결이다.

2019. 6. 17 cureel

등 너머로 훔쳐 듣는 대숲바람 소리

등 너머로 훔쳐 듣는 남의 집 대숲바람 소리 속에는
밤사이 내려와 놀던 초록별들의
퍼렇게 멍든 날갯죽지가 떨어져 있다.
어린 날 뒤울안에서
매 맞고 혼자 숨어 울던 눈물의 찌꺼기가
비칠비칠 아직도 거기
남아 빛나고 있다.

심청이네집 심청이
빌어먹으러 나가고
심봉사 혼자 앉아
날무처럼 끄들끄들 졸고 있는 툇마루 끝에
개다리소반 위 비인 상사발에
마음만 부자로 쌓여주던 그 햇살이
다시 눈 트고 있다, 다시 눈 트고 있다.
장승상네 참대밭의 우레 소리도
다시 무너져서 내게로 달려오고 있다.

등 너머로 훔쳐 듣는
남의 집 대숲바람 소리 속에는
내 어린 날 여름 냇가에서
손바닥 벌려 잡다 놓쳐버린
발가벗은 햇살의 그 반쪽이
앞질러 달려와서 기다리며
저 혼자 심심해 반짝이고 있다.
저 혼자 심심해 물구나무 서 보이고 있다.

꽃이 되어 새가 되어

지고 가기 힘겨운 슬픔 있거든
꽃들에게 맡기고

부리기도 버거운 아픔 있거든
새들에게 맡긴다

날마다 하루해는 사람들을 비껴서
강물 되어 저만큼 멀어지지만

들판 가득 꽃들은 피어서 붉고
하늘가로 스치는 새들도 본다.

2009. 5

인생

화창한 날씨만 믿고
가벼운 옷차림과 신발로 길을 나섰지요
향기로운 바람 지저귀는 새소리 따라
오솔길을 걸었지요

멀리 갔다가 돌아오는 길
막판에 그만 소낙비를 만났지 뭡니까

하지만 나는 소낙비를 나무라고 싶은
생각이 별로 없어요
날씨 탓을 하며 날씨한테 속았노라
말하고 싶지도 않아요

좋았노라 그마저도 아름다운 하루였노라
말하고 싶어요
소낙비 함께 옷과 신발에 묻어온
숲 속의 바람과 새소리

그것도 소중한 나의 하루
나의 인생이었으니까요.

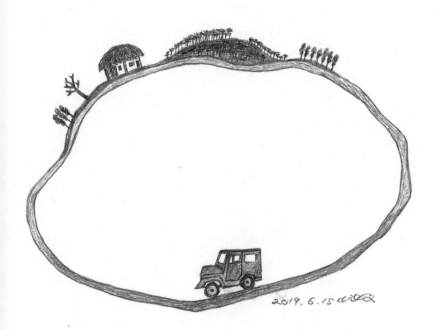

2019. 6. 15 대인

집

얼마나 떠나기 싫었던가!
얼마나 돌아오고 싶었던가!

낡은 옷과 낡은
신발이 기다리는 곳

여기,
바로 여기.

사랑

목말라 물을 마셨으면 좋겠다고
속으로 하고 있을 때
유리 에 맑은 물 가득 담아
잘   잘람 내 앞으로 가지고 오는

창밖의 머언 풍경에 눈길을 주며
그리움의 물결에 몸을 맡기고 있을 때
그 물결의 흐름을 느끼고 눈물
글썽글썽한 눈으로 나를 바라보아주는

어떻게 알았을까, 그는
한마디 말씀도 이루지 아니했고
한 줌의 눈짓조차 건네지 않았음에도.

몽당연필

초등학교 선생 할 때
아이들 버린 몽당연필들
주워다 모은 게 한 필통 가득이다

상처 입고 망가지고
닳아질 대로 닳아진 키 작은 녀석들
글을 쓸 때마다 곱게 다듬어
볼펜 깍지에 끼워서 쓰곤 한다

무슨 궁상이냐고
무슨 두시럭이냐고 번번이
핀잔을 해대는 아내

아내도 나에겐 하나의 몽당연필이다
많이 닳아지고 망가졌지만
아직은 쓸모가 남아있는 몽당연필이다

아내 눈에 나도 하나의
몽당연필쯤으로 보여졌으면
싶은 날이 있다.

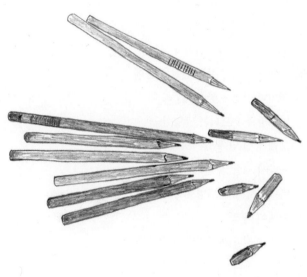

2008. 12. 6 이기주

아들아 잘 가

세상일 바쁘다는 핑계로
자주 찾지 못한 고향 집
모처럼 찾아가니
늙으신 어머니 더욱 늙었고
몸집이 더욱 작아지셨다
그러나 모처럼 아들 만난 기쁨에
어머니 얼굴은 꽃송이
방글방글 웃으시는 달덩이
오래 당신 옆에 있지도 못하고
또다시 고향 집 떠나올 때
마루에서 내려 토방에서 내려
휠체어 타고
대문간 지나 바깥마당까지 나와서
아들을 바라보시는 어머니
아들이 어른 같고 어머니가 아이만 같아
마음 아프다
어머니 다음에 또 오겠습니다
아들의 인사말에 문득 아들아 잘 가
한 번도 들어보지 못한
어머니의 인사말
아들아 잘 가

2012. 1 이해인

그 인사말에 가슴이 무너져 내린다
네 어머니 다시 또 오겠습니다
어머니 뵈러 다시 오겠습니다
······ 이것이 영이별이라도 되는 것일까
어머니 말씀에 눈물이 솟아
무너지는 마음
네 어머니 네 어머니
다시 돌아오겠습니다
어머니 뵈러 다시 돌아오겠습니다.

발을 위한 기도

너의 발을 위해 기도한다

너의 몸 가운데 가장 낮은 데 있고
가장 어려운 일을 자임하면서도
칭찬도 받지 못하는 발

어쩌면 너의 발이 너를
이리로 데려왔을까?
모든 어둠과 어려움을 이기고서도
이토록 눈부신 모습으로 데려왔을까?

앞으로도 어두운 길 험한
길을 비록 갈지라도
상하는 일 힘 드는 일 없기를
비노라 바라노라

한사코 너의 발을 부여잡고
울먹이며 기도한다.

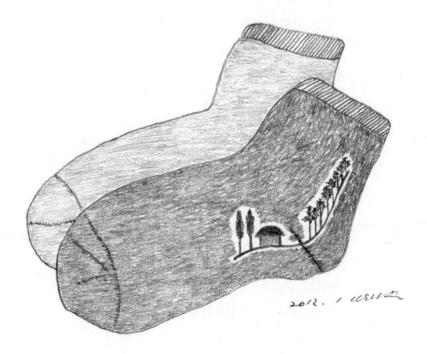

2012. 1 니은희

나뭇결

운문사 만우당
스님들 조강하게 드나드시는 쪽마루
가끔씩 들를 때마다
더욱 고와지고 또렷해지는
마룻바닥의 나뭇결

스님들 발길에 스치고
스님들 걸레질에 닦여서
서슬 푸른 향기라도 머금을 듯
뼈무늬라도 일어설 듯

가장 정갈한 아침 햇살이 말려 주고
가장 조용한 저녁 별빛이 쓰다듬어 주어
더욱 선명해지고 고와진
마룻바닥의 나뭇결

사람도 저처럼
나이 들면서 안으로 밝아지고 고와져
선명한 마음의 무늬를 지닐 수는 없는 일일까
향내라도 은은하게 품을 수는 없는 일일까.

2007. 유재봉

아내

새각시
새각시 때
당신에게서는
이름 모를
풀꽃 향기가
번지곤 했습니다
그럴 때마다 나는
당신도 모르게
눈을 감곤 했지요

그건 아직도
그렇습니다.

2005. 2. 13

그래도

나는 네가 웃을 때가 좋다
나는 네가 말을 할 때가 좋다
나는 네가 말을 하지 않을 때도 좋다
뾰로통한 네 얼굴, 무덤덤한 표정
때로는 매정한 말씨
그래도 좋다.

2011. 5.

딸에게

내 사랑 내 딸이여 내 자랑 내 딸이여
오늘도 네가 있어 마음속 꽃밭이다
오! 네가 없었다 하면 어쨌을까 싶단다

술 취해 비틀비틀 거리를 거닐 때도
네 생각 떠올리면 정신이 번쩍 든다
고맙다 애비는 지연紙鳶, 너의 끈에 매달린.

2007. 8. 22 이재영

가을 서한

1

끝내 빈손 들고 돌아온 가을아,
종이 기러기 한 마리 안 날아오는 비인 가을아,
내 마음까지 모두 주어버리고 난 지금
나는 또 그대에게 무엇을 주어야 할까 몰라.

2

새로 국화잎새 따다 수놓아
새로 창호지문 바르고 나면
방안 구석구석까지 밀려들어오는 저승의 햇살.
그것은 가난한 사람들만의 겨울 양식.

3

다시는 더 생각하지 않겠다,
다짐하고 내려오는 등성이에서
돌아보니 타닥타닥 영그는 가을 꽃씨 몇 옴큼.
바람 속에 흩어지는 산 너머 기적 소리.

4

가을은 가고
남은 건

바바리코트 자락에 날리는 바람
때 묻은 와이셔츠 깃.

가을은 가고
남은 건
그대 만나러 가는 골목길에서의
내 휘파람 소리.

첫눈 내리는 날에
켜질
그대 창문의 등불빛
한 초롱.

2005. 1. 27 나태주

꿈

1
빈 언덕 위에
키 큰 상수리나무 하나를 둘 것

그 아래 방 한 칸짜리
오두막집을 둘 것

2009. 6 내내

그리고 하늘엔
노을 한 자락도 걸어둘 것.

2
흙내 나는
오두막집 방 안으로 돌아가고 싶다

따스한 아랫목의
잠 속으로 돌아가고 싶다

외할머니
옆에 계시고

밤이 깊어도
잠들지 못하고 속살거리는
상수리나무 마른잎

무엇보다 먼저
내 몸이 작아지고 싶다.

동백꽃

눈이 그쳤다
통곡 소리가 그쳤다

애달픈 음악소리도 멈췄다

누군가를 가슴에 안고
붉은 꽃 한 송이 피워내던 일 또한
잠깐 사이다

다만 허공에 어여쁜
피멍 하나 걸렸을 뿐이다.

2006.
김성숙

꽃 · 3

예뻐서가 아니다
잘나서가 아니다
많은 것을 가져서도 아니다
다만 너이기 때문에
네가 너이기 때문에
보고 싶은 것이고 사랑스런 것이고 안쓰러운 것이고
끝내 가슴에 못이 되어 박히는 것이다
이유는 없다
있다면 오직 한 가지
네가 너라는 사실!
네가 너이기 때문에
소중한 것이고 아름다운 것이고 사랑스런 것이고 가득한 것이다
꽃이여, 오래 그렇게 있거라.

2007. 7. 28. 니트하

섬

너와 나
손잡고 눈 감고 왔던 길

이미 내 옆에 네가 없으니
어찌할까?

돌아가는 길 몰라 여기
나 혼자 울고만 있네.

2012. 2 이상호

2009. 9. 28 제비꽃

들국화

바람 부는 등성이에
혼자 올라서
두고 온 옛날은
생각 말자고,
아주아주 생각 말자고.

갈꽃 핀 등성이에
혼자 올라서
두고 온 옛날은
잊었노라고,
아주아주 잊었노라고.

구름이 헤적이는
하늘을 보며
어느 사이
두 눈에 고이는 눈물.
꽃잎에 젖는 이슬.

너무 그러지 마시어요

너무 그러지 마시어요. 너무 섭섭하게 그러지 마시어요.
하나님, 저에게가 아니에요. 저의 아내 되는 여자에게 그
렇게 하지 말아달라는 말씀이에요. 이 여자는 젊어서부
터 병과 더불어 약과 더불어 산 여자예요. 세상에 대한
꿈도 없고 그 어떤 사람보다도 죄를 안 만든 여자예요.
신장에 구두도 많지 않은 여자구요, 장롱에 비싸고 좋은
옷도 여러 벌 가지지 못한 여자예요. 한 남자의 아내로서
그림자로 살았고 두 아이의 엄마로서 울면서 기도하는
능력밖엔 없는 여자이지요. 자기 이름으로 꽃밭 한 평,
채전밭 한 귀퉁이 가지지 못한 여자예요. 남편 되는 사람
이 운전조차 할 줄 모르는 쑥맥이라서 언제나 버스만 타
고 다닌 여자예요. 돈을 아끼느라 꽤나 먼 시장 길도 걸
어다니고 싸구려 미장원에만 골라 다닌 여자예요. 너무
그러지 마시어요. 가난한 자의 기도를 잘 들어 응답해주
시는 하나님, 저의 아내 되는 사람에게 너무 섭섭하게 그
러지 마시어요.

1499. 7. 8
Uell

생명

누군가 죽어서
밥이다

더 많이 죽어서
반찬이다

잘 살아야겠다.

2011. 1

떠난 자리

나 떠난 자리
너 혼자 남아
오래 울고 있을 것만 같아
나 쉽게 떠나지 못한다, 여기

너 떠난 자리
나 혼자 남아
오래 울고 있을 것 생각하여
너도 울먹이고 있는 거냐? 거기.

자기를 함부로 주지 말아라

자기를 함부로 주지 말아라
아무 것에게나 함부로 맡기지 말아라
술한테 주고 잡담한테 주고 놀이한테
너무 많은 자기를 주지 않았나 돌아다 보아라

가장 나쁜 것은 슬픔한테 절망한테
자기를 맡기는 일이고
더욱 좋지 않은 것은 남을 미워하는 마음에
자기를 던져버리는 일이다
그야말로 그것은 끝장이다

그런 마음들을 거두어들여
기쁨에게 주고 아름다움에게 주고
무엇보다도 사랑하는 마음에게 주라
대번에 세상이 달라질 것이다
세상은 젊어지다 못해 어려질 것이고
싱싱해질 것이고 반짝이기 시작할 것이다

자기를 함부로 아무것에나 주지 말아라
부디 무가치하고 무익한 것들에게
자기를 맡기지 말아라

그것은 눈 감은 일이고 악덕이며
인생한테 죄 짓는 일이다

가장 아깝고 소중한 것은 자기 자신이다
그러므로 보다 많은 시간을 자기 자신한테
주는 데 주저하지 말아야 할 일이다
그것이 날마다 가장 중요한
삶의 명제요 실천 강령이다.

오늘의 약속

덩치 큰 이야기, 무거운 이야기는 하지 않기로 해요
조그만 이야기, 가벼운 이야기만 하기로 해요
아침에 일어나 낯선 새 한 마리가 날아가는 것을 보았다든지
길을 가다 담장 너머 아이들 떠들며 노는 소리가 들려 잠시
발을 멈췄다든지
매미 소리가 하늘 속으로 강물을 만들며 흘러가는 것을 문득
느꼈다든지
그런 이야기들만 하기로 해요

남의 이야기, 세상 이야기는 하지 않기로 해요
우리들의 이야기, 서로의 이야기만 하기로 해요
지나간 밤 쉽게 잠이 오지 않아 애를 먹었다든지
하루 종일 보고픈 마음이 떠나지 않아 가슴이 뻐근했다든지
모처럼 갠 밤하늘 사이로 별 하나 찾아내어 숨겨놓은 소원을
빌었다든지
그런 이야기들만 하기로 해요

실은 우리들 이야기만 하기에도 시간이 많지 않은 걸 우리는
잘 알아요
그래요, 우리 멀리 떨어져 살면서도
오래 헤어져 살면서도 스스로

행복해지기로 해요
그게 오늘의 약속이에요.

2007. 8. 5

묘비명

많이 보고 싶겠지만
조금만 참자.

2019. 11. 30 대얼룩

2004. 6

아이와 작별

그래 오늘 나도
네가 예뻐서 좋았다
그래 나도
네가 좋아해서 더 좋았다

그런데 말이다
밥 잘 먹고 잠 잘 자고
더 건강 씩씩해야만 된다
알았지? 정말 알았지?

서로가 꽃

우리는 서로가
꽃이고 기도다

나 없을 때 너
보고 싶었지?
생각 많이 났지?

나 아플 때 너
걱정됐지?
기도하고 싶었지?

그건 나도 그래
우리는 서로가
기도이고 꽃이다.

2007. 7. 2p 내담

꽃 · 1

다시 한번만 사랑하고
다시 한번만 죄를 짓고
다시 한번만 용서를 받자

그래서 봄이다.

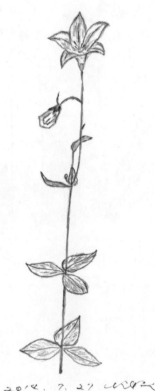

2018. 7. 27 나태주

여행

떠나 온 곳으로 다시는
돌아갈 수 없다는 걸 알기까지는
많은 시간이 필요했다.

용문사 2어은, 2019. 7. 7 내정리

사랑이 올 때

가까이 있을 때보다
멀리 있을 때
자주 그의 눈빛을 느끼고

아주 멀리 헤어져 있을 때
그의 숨소리까지 듣게 된다면
분명히 당신은 그를
사랑하기 시작한 것이다

의심하지 말아라
부끄러워 숨기지 말아라
사랑은 바로 그렇게 오는 것이다

고개 돌리고
눈을 감았음에도 불구하고.

2018. 영희

오늘은 우선 이렇게 사랑을 잃었다 하자

고개 숙이니 발 밑에 시들은 구절초
어느새 빠른 물살로 흘러가고 만 가을

눈감고 산 며칠 사이 세상은 저만치
낯선 눈빛으로 건너다보는데

잘못 살았구나 참말로 잘못 살았구나
바람은 또 나의 목을 스쳐가는데

나는 무슨 까닭으로 또 어린아이처럼 투정하며
땅바닥에 주저앉아 두 발 뻗고 울고만 싶은 거냐?

무슨 소망으로 또 나는 다가오는 시린
겨울 강물을 무사히 건널 것이냐?

탁탁, 소리내어 잎눈 틔운 적 없는 나무의 밑둥
오늘은 우선 이렇게 사랑을 잃었다 하자.

2008. 11. 24 이종구

여행의 끝

어둔 밤길 잘 들어갔는지?

걱정은 내 몫이고
사랑은 네 차지

부디 피곤한 밤
잠이나 잘 자기를……

2019. 5. 16 내가본산

2019. 2. 6 나영희

2018. 11. 19 일본 아오시마 대마도 여행가서
2박 다녀리, 다시 그림도 서다,

제2부

풀꽃 · 1

자세히 보아야
예쁘다

오래 보아야
사랑스럽다

너도 그렇다.

2005. 7. 20

대숲 아래서

1
바람은 구름을 몰고
구름은 생각을 몰고
다시 생각은 대숲을 몰고
대숲 아래 내 마음은 낙엽을 몬다.

2
밤새도록 댓잎에 별빛 어리듯
그슬린 등피에는 네 얼굴이 어리고
밤 깊어 대숲에는 후둑이다 가는 밤 소나기 소리.
그리고도 간간이 사운대다 가는 밤바람 소리.

3
어제는 보고 싶다 편지 쓰고
어젯밤 꿈엔 너를 만나 쓰러져 울었다.
자고 나니 눈두덩엔 메마른 눈물자죽,
문을 여니 산골엔 실비단 안개.

4
모두가 내 것만은 아닌 가을,
해 지는 서녘구름만이 내 차지다.

동구 밖에 떠드는 애들의
소리만이 내 차지다.
또한 동구 밖에서부터 피어오르는
밤안개만이 내 차지다.

하기는 모두가 내 것만은 아닌 것도 아닌
이 가을,
저녁밥 일찍이 먹고
우물가에 산보 나온
달님만이 내 차지다.
물에 **빠져** 머리칼 헹구는
달님만이 내 차지다.

2011. 2 (서명)

황홀극치

황홀, 눈부심
좋아서 어쩔 줄 몰라 함
좋아서 까무러칠 것 같음
어쨋든 좋아서 죽겠음

해 뜨는 것이 황홀이고
해 지는 것이 황홀이고

새 우는 것 꽃 피는 것 황홀이고
강물이 꼬리를 흔들며 바다에
이르는 것이 황홀이다

그렇지, 무엇보다
바다 울렁임, 일파만파, 그곳의 노을,
빠져 죽어버리고 싶은 충동이 황홀이다

아니다, 내 앞에
웃고 있는 네가 황홀, 황홀의 극치다

도대체 너는 어디서 온 거냐?
어떻게 온 거냐?
왜 온 거냐?
천 년 전 약속이나 이루려는 듯.

너를 두고

세상에 와서
내가 하는 말 가운데서
가장 고운 말을
너에게 들려주고 싶다

세상에 와서
내가 가진 생각 가운데서
가장 예쁜 생각을
너에게 주고 싶다

세상에 와서
내가 할 수 있는 표정 가운데
가장 좋은 표정을
너에게 보이고 싶다

이것이 내가 너를
사랑하는 진정한 이유
나 스스로 네 앞에서 가장
좋은 사람이 되고 싶은 소망이다.

2012. 2. 3 cc되며

바람에게 묻는다

바람에게 묻는다
지금 그곳에는 여전히
꽃이 피었던가 달이 떴던가

바람에게 듣는다
내 그리운 사람
못 잊을 사람
아직도 나를 기다려
그곳에서 서성이고 있던가

내게 불러줬던 노래
아직도 혼자 부르며
울고 있던가.

2012. 2. ? 이억주

내가 너를

내가 너를
얼마나 좋아하는지
너는 몰라도 된다

너를 좋아하는 마음은
오로지 나의 것이요
나의 그리움은
나 혼자만의 것으로도
차고 넘치니까…

나는 이제
너 없이도 너를
좋아할 수 있다.

2012. (signature)

2010. 6. 1
대여

사는 법

그리운 날은 그림을 그리고
쓸쓸한 날은 음악을 들었다

그리고도 남는 날은
너를 생각해야만 했다.

아름다운 사람

아름다운 사람
눈을 둘 곳이 없다

바라볼 수도 없고
그렇다고 아니
바라볼 수도 없고

그저 눈이
부시기만 한 사람.

그리움 · 1
— 강신용 시인

햇빛이 너무 좋아
혼자 왔다 혼자
돌아갑니다.

그리움 · 3

가지 말라는데 가고 싶은 길이 있다
만나지 말자면서 만나고 싶은 사람이 있다
하지 말라면 더욱 해보고 싶은 일이 있다

그것이 인생이고 그리움
바로 너다.

2007. 8. 13 나태주

11월

돌아가기엔 이미 너무 많이 와버렸고
버리기에는 차마 아까운 시간입니다

어디선가 서리 맞은 어린 장미 한 송이
피를 문 입술로 이쪽을 보고 있을 것만 같습니다

낮이 조금 더 짧아졌습니다
더욱 그대를 사랑해야 하겠습니다.

2004. 5. 28

2011. 4. 오대환

이별 사랑

꽃 속에 네가 보인다
웃고 있는 얼굴

구름 속에 네가 보인다
어딘가를 보고 있는 얼굴

바람 속에 네가 보인다
눈을 감고 있는 얼굴

우리 공주님 오늘도
잘 있거라 기도하며 산다.

아끼지 마세요

좋은 것 아끼지 마세요
옷장 속에 들어 있는 새로운 옷 예쁜 옷
잔칫날 간다고 결혼식장 간다고
아끼지 마세요
그러다 그러다가 철 지나면 헌 옷 되지요

마음 또한 아끼지 마세요
마음속에 들어 있는 사랑스런 마음 그리운 마음
정말로 좋은 사람 생기면 준다고
아끼지 마세요
그러다 그러다가 마음의 물기 마르면 노인이 되지요

좋은 옷 있으면 생각날 때 입고
좋은 음식 있으면 먹고 싶은 때 먹고
좋은 음악 있으면 듣고 싶은 때 들으세요
더구나 좋은 사람 있으면
마음속에 숨겨두지 말고
마음껏 좋아하고 마음껏 그리워하세요

그리하여 때로는 얼굴 붉힐 일
눈물 글썽일 일 있다 한들

그게 무슨 대수겠어요!
지금도 그대 앞에 꽃이 있고
좋은 사람이 있지 않나요
그 꽃을 마음껏 좋아하고
그 사람을 마음껏 그리워하세요.

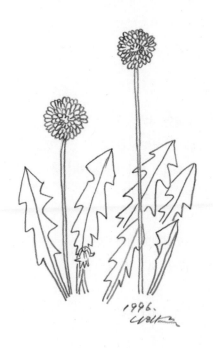

1996.

노래

노래는 어디에서 오는가?
마을에서도 변두리
변두리에서도 오두막집
어둠 찾아와
창문에 불이 켜지고
나무 아래 내어다 놓은 들마루
그 위에 모여 앉아 떠들며
웃으며 노는 아이들

—거기에서 온다

노래는 어디에서 오는가?
한길에서도 오솔길
오솔길이 가다가 발을 멈춘 곳
도란도란 사람들 목소리
들려오는 오두막집
개구리래도 청개구리
따라서 노래 부르는 들창

—거기에서 온다.

2007. 8. 16 내변산

화엄

꽃장엄이란 말
가슴이 벅찹니다

꽃송이 하나하나가
세상이요 우주라지요

아, 아, 아,
그만 가슴이 열려

나도 한 송이 꽃으로 팡!
터지고 싶습니다.

1996
clew

눈부신 세상

멀리서 보면 때로 세상은
조그맣고 사랑스럽다
따뜻하기까지 하다
나는 손을 들어
세상의 머리를 쓰다듬어준다
자다가 깨어난 아이처럼
세상은 배시시 눈을 뜨고
나를 향해 웃음 지어 보인다

세상도 눈이 부신가 보다.

2004. 6. 6 山谷

들길을 걸으며

1
세상에 와 그대를 만난 건
내게 얼마나 행운이었나
그대 생각 내게 머물므로
나의 세상은 빛나는 세상이 됩니다
많고 많은 사람 중에 그대 한 사람
그대 생각 내게 머물므로
나의 세상은 따뜻한 세상이 됩니다.

2006.

2

어제도 들길을 걸으며
당신을 생각했습니다
오늘도 들길을 걸으며
당신을 생각했습니다
어제 내 발에 밟힌 풀잎이
오늘 새롭게 일어나
바람에 떨고 있는 걸
나는 봅니다
나도 당신 발에 밟히면서
새로워지는 풀잎이면 합니다
당신 앞에 여리게 떠는
풀잎이면 합니다.

우리들의 푸른 지구

사랑한다는 말 대신에 하는 말
우리 오래 만나자

사랑하겠다는 말 대신에 하는 대답
우리 함께 오래 있어요

날마다 푸른 지구
내일 더욱 푸른 지구

오늘은 네가 나에게 지구이고
내가 너에게 지구이다.

2012. 2 이영희

첫눈

요즘 며칠 너 보지 못해
목이 말랐다

어젯밤에도 깜깜한 밤
보고 싶은 마음에
더욱 깜깜한 마음이었다

몇 날 며칠 보고 싶어
목이 말랐던 마음
깜깜한 마음이
눈이 되어 내렸다

네 하얀 마음이 나를
감싸 안았다.

2013. 12. 15

꽃그늘

아이한테 물었다

이담에 나 죽으면
찾아와 울어줄 거지?

대답 대신 아이는
눈물 고인 두 눈을 보여주었다.

2009. 9. 22

멀리서 빈다

어딘가 내가 모르는 곳에
보이지 않는 꽃처럼 웃고 있는
너 한 사람으로 하여 세상은
다시 한 번 눈부신 아침이 되고

어딘가 네가 모르는 곳에
보이지 않는 풀잎처럼 숨 쉬고 있는
나 한 사람으로 하여 세상은
다시 한 번 고요한 저녁이 온다

가을이다, 부디 아프지 마라.

2012. 1 대전

꽃과 별

너에게 꽃 한 송이를 준다
아무런 이유가 없다
내 손에 그것이 있었을 뿐이다

막다른 골목길을 가다가
맨 처음 만난 사람이
바로 너였기 때문이다

밤하늘의 별들을 바라본다
어둔 밤하늘에 별들이 빛나고 있었고
다만 내가 울고 있었을 뿐이다.

2017. 2. 7

공산성

기와집 위에 또 기와집
옛날 속에 또 옛날
그리움 뒤에 또 그리움.

너도 그러냐

나는 너 때문에 산다

밥을 먹어도
얼른 밥 먹고 너를 만나러 가야지
그러고
잠을 자도
얼른 날이 새어 너를 만나러 가야지
그런다

네가 곁에 있을 때는 왜
이리 시간이 빨리 가나 안타깝고
네가 없을 때는 왜
이리 시간이 더딘가 다시 안타깝다

멀리 길을 떠나도 너를 생각하며 떠나고
돌아올 때도 너를 생각하며 돌아온다
오늘도 나의 하루해는 너 때문에 떴다가
너 때문에 지는 해이다

너도 나처럼 그러냐?

2017. 2. 7 신애자

좋다

좋아요
좋다고 하니까 나도 좋다.

2.012. / Mert

근황

요새
네 마음속에 살고 있는
나는 어떠니?

내 마음속에 들어와
살고 있는 너는 여전히
예쁘고 귀엽단다.

2006. 12 이천번

나무

너의 허락도 없이
너에게 너무 많은 마음을
주어버리고
너에게 너무 많은 마음을
뺏겨버리고
그 마음 거두어들이지 못하고
바람 부는 들판 끝에 서서
나는 오늘도 이렇게 슬퍼하고 있다
나무 되어 울고 있다.

1998. 5. 30

풀꽃 · 2

이름을 알고 나면 이웃이 되고
색깔을 알고 나면 친구가 되고
모양까지 알고 나면 연인이 된다
아, 이것은 비밀.

풀꽃 · 3

기죽지 말고 살아봐
꽃 피워봐
참 좋아.

2014. 7. 27

사랑은 언제나 서툴다

서툴지 않은 사랑은 이미
사랑이 아니다
어제 보고 오늘 보아도
서툴고 새로운 너의 얼굴

낯설지 않은 사랑은 이미
사랑이 아니다
금방 듣고 또 들어도
낯설고 새로운 너의 목소리

어디서 이 사람을 보았던가…
이 목소리 들었던가…
서툰 것만이 사랑이다
낯선 것만이 사랑이다

오늘도 너는 내 앞에서
다시 한번 태어나고
오늘도 나는 네 앞에서
다시 한 번 죽는다.

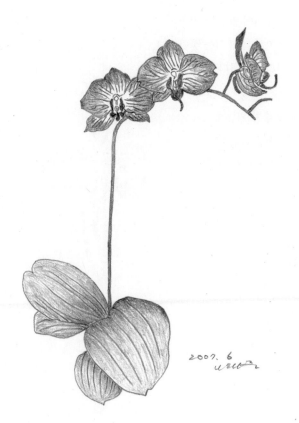

2007. 6
이종란

혼자서

무리 지어 피어 있는 꽃보다
두셋이서 피어 있는 꽃이
도란도란 더 의초로울 때 있다

두셋이서 피어 있는 꽃보다
오직 혼자서 피어 있는 꽃이
더 당당하고 아름다울 때 있다

너 오늘 혼자 외롭게
꽃으로 서 있음을 너무
힘들어 하지 말아라.

2009. 5. 14
대전 둔지미 어학 에또
에서   나태주

이별

지구라는 별
오늘이라는 하루
두 번 다시 만나지 못할
정다운 사람인 너

네 앞에 있는 나는 지금
울고 있는 거냐?
웃고 있는 거냐?

우정

2010. 6. 3.
ㄸ대ㅈ

고마운 일 있어도 그것은
고맙다는 말
쉽게 하지 않는 마음이란다

미안한 일 있어도 그것은
미안하다는 말
쉽게 하지 못하는 마음이란다

사랑하는 마음 있어도 그것은
사랑한다는 말
쉽게 하지 않는 마음이란다

네가 오늘 나한테 그런 것처럼.

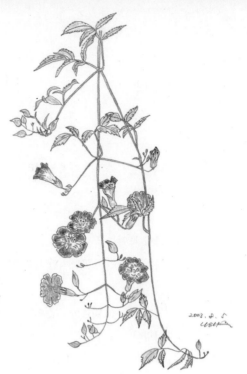

2003. 9. 5
나태주

선물 · 2

하늘 아래 내가 받은
가장 커다란 선물은
오늘입니다

오늘 받은 선물 가운데서도
가장 아름다운 선물은
당신입니다

당신 나지막한 목소리와
웃는 얼굴, 콧노래 한 구절이면
한 아름 바다를 안은 듯한 기쁨이겠습니다.

부탁

너무 멀리까지는 가지 말아라
사랑아

모습 보이는 곳까지만
목소리 들리는 곳까지만 가거라

돌아오는 길 잊을까 걱정이다
사랑아.

날마다 기도

간구의 첫 번째 사람은 너이고
참회의 첫 번째 이름 또한 너이다.

2011. 4. 4(이대우)

햇빛 밝아

나 쉽게 못 가겠어
이렇게 좋은 사람들 두고

나 일찍 못 뜨겠어
이렇게 좋은 풍경을 두고

또다시 창밖에 바람이 부는지
새하얀 망초꽃 더욱 새하얗고

버드나무 실가지 긴 치맛자락
바람한테 춤을 청한다.

2000. 2. 24 clear

사랑에 답함

예쁘지 않은 것을 예쁘게
보아주는 것이 사랑이다

좋지 않은 것을 좋게
생각해주는 것이 사랑이다

싫은 것도 잘 참아주면서
처음만 그런 것이 아니라

나중까지 아주 나중까지
그렇게 하는 것이 사랑이다.

2005. 4. 20

화살기도

아직도 남아있는 아름다운 일들을
이루게 하여 주소서
아직도 만나야 할 좋은 사람들을
만나게 하여 주소서
아멘이라고 말할 때
네 얼굴이 떠올랐다
퍼뜩 놀라 그만 나는
눈을 뜨고 말았다.

가나다 coast Hillcrest 호텔, 2013. 2. 25 이재식

꽃 피우는 나무

좋은 경치 보았을 때
저 경치 못 보고 죽었다면
어찌했을까 걱정했고

좋은 음악 들었을 때
저 음악 못 듣고 세상 떴다면
어찌했을까 생각했지요

당신, 내게는 참 좋은 사람
만나지 못하고 이 세상 흘러갔다면
그 안타까움 어찌했을까요……

당신 앞에서는
나도 온몸이 근지러워
꽃 피우는 나무

2012. 1 나태주

지금 내 앞에 당신 마주 있고
당신과 나 사이 가득
음악의 강물이 일렁입니다

당신 등 뒤로 썰렁한
잡목 숲도 이런 때는 참
아름다운 그림 나라입니다.

외할머니

시방도 기다리고 계실 것이다,
외할머니는.

손자들이
오나오나 해서
흰 옷 입고 흰 버선 신고

조마조마
고목나무 아래
오두막집에서.

손자들이 오면 주려고
물렁감도 따다 놓으시고
상수리묵도 쑤어 두시고

오나오나 혹시나 해서
고갯마루에 올라
들길을 보며.

조마조마 혼자서
기다리고 계실 것이다,
시방도 언덕에 서서만 계실 것이다,
흰 옷 입은 외할머니는.

사랑하는 마음 내게 있어도

사랑하는 마음
내게 있어도
사랑한다는 말
차마 건네지 못하고 삽니다
사랑한다는 그 말 끝까지
감당할 수 없기 때문

모진 마음
내게 있어도
모진 말
차마 하지 못하고 삽니다
나도 모진 말 남들한테 들으면
오래오래 잊혀지지 않기 때문

외롭고 슬픈 마음
내게 있어도
외롭고 슬프다는 말
차마 하지 못하고 삽니다
외롭고 슬픈 말 남들한테 들으면
나도 덩달아 외롭고 슬퍼지기 때문

사랑하는 마음을 아끼며
삽니다
모진 마음을 달래며
삽니다
될수록 외롭고 슬픈 마음을
숨기며 삽니다.

2002. 8. 12 디벽작

안부

오래
보고 싶었다

오래
만나지 못했다

잘 있노라니
그것만 고마웠다.

2007. 7. 2 내가무

섬에서

그대, 오늘

볼 때마다 새롭고
만날 때마다 반갑고
생각날 때마다 사랑스런
그런 사람이었으면 좋겠습니다

풍경이 그러하듯이
풀잎이 그렇고
나무가 그러하듯이.

2017. 2. 9 cccc 김

개양귀비

생각은 언제나 빠르고
각성은 언제나 느려

그렇게 하루나 이틀
가슴에 핏물이 고여

흔들리는 마음 자주
너에게 들키고

너에게로 향하는 눈빛 자주
사람들한테도 들킨다.

강아지풀을 배경으로*

서 있기보다는
누워 있는

아주 눕기보다는
비스듬히

등을 기대고
혼자서보다는
두셋이서

난 그런
강아지풀.

* 「강아지풀을 배경으로」
중 일부를 옮겼습니다.

시

마당을 쓸었습니다
지구 한 모퉁이가 깨끗해졌습니다

꽃 한 송이 피었습니다
지구 한 모퉁이가 아름다워졌습니다

마음속에 시 하나 싹텄습니다
지구 한 모퉁이가 밝아졌습니다

나는 지금 그대를 사랑합니다
지구 한 모퉁이가 더욱 깨끗해지고
아름다워졌습니다.

2004. 7. 16

제비꽃

그대 떠난 자리에
나 혼자 남아
쓸쓸한 날
제비꽃이 피었습니다
다른 날보다 더 예쁘게
피었습니다.

2008,
Wellin

행복

저녁 때
돌아갈 집이 있다는 것

힘들 때
마음속으로 생각할 사람 있다는 것

외로울 때
혼자서 부를 노래 있다는 것.

뒷모습

뒷모습이 어여쁜
사람이 참으로
아름다운 사람이다

자기의 눈으로는 결코
확인이 되지 않는 뒷모습
오로지 타인에게로만 열린
또 하나의 표정

뒷모습은
고칠 수 없다
거짓말을 할 줄 모른다

물소리에게도 뒷모습이 있을까?
시드는 노루발풀꽃, 솔바람 소리,
찌르레기 울음소리에게도
뒷모습은 있을까?

저기 저
가문비나무 윤노리나무 사이
산길을 내려가는

야윈 슬픔의 어깨가
희고도 푸르다.

2005. 나래원

다시 9월이

기다리라, 오래오래
될 수 있는 대로 많이
지루하지만 더욱

이제 치유의 계절이 찾아온다
상처받은 짐승들도
제 혀로 상처를 핥아
아픔을 잊게 되리라

가을 과일들은
봉지 안에서 살이 오르고
눈이 밝고 다리 굵은 아이들은
멀리까지 갔다가 서둘러 돌아오리라

구름 높이, 높이 떴다
하늘 한가슴에 새하얀
궁전이 솟았다

이제 제각기 가야 할 길로
가야 할 시간
기다리라, 더욱
오래오래 그리고 많이.

연

오래
기다리셨습니다

드릴 것은
조그만 마음뿐입니다

부디 오래
머물다 가십시오

바람에겐 듯
사랑에겐 듯.

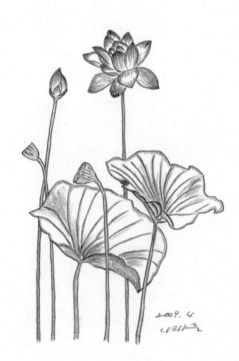

2009. 4

2011. 5. 28 따라

이 가을에

아직도 너를
사랑해서 슬프다.

오늘도 그대는 멀리 있다

전화 걸면 날마다
어디 있냐고 무엇하냐고
누구와 있냐고 또 별일 없냐고
밥은 거르지 않았는지 잠은 설치지 않았는지
묻고 또 묻는다

하기는 아침에 일어나
햇빛이 부신 걸로 보아
밤사이 별일 없긴 없었는가 보다

오늘도 그대는 멀리 있다

이제 지구 전체가 그대 몸이고 맘이다.

2007. 7. 27
((811 ²⁄₂

나태주

1945년 충남 서천 출생으로 초등학교 교원으로 43년을 살았고 시인으로 함께 50년을 보냈다.
그동안 낸 책으로는 시집, 산문집, 동화집, 시화집 등 100여 권이 있으며 교직 정년퇴임 후 공주문화원장으로 8년 일했고 2020년에는 43대 한국시인협회 회장에 선임되기도 했다.
현재는 공주에서 공주풀꽃문학관을 설립·운영하고 있으며 풀꽃문학상, 해외풀꽃시인상, 공주문학상 등을 제정·시상하고 있다.

이메일_tj4503@naver.com